1893 27 Janvier

Vente du Vendredi 27 Janvier 1893

ESTAMPES ANCIENNES

EAUX-FORTES MODERNES

PLANCHES DE CUIVRES GRAVÉS

PUBLICATIONS ARTISTIQUES

Héliogravures Amand DURAND, d'après les Maîtres anciens

EN TIRAGE DE LUXE

DESSINS — ORNEMENTS — LIVRES

GRAVURES EN LOTS

Provenant de la Collection d'un Artiste

Dont la vente aux enchères publiques aura lieu

HOTEL DES COMMISSAIRES-PRISEURS

RUE DROUOT, 9, SALLE N° 8

Le Vendredi 27 Janvier 1893

A UNE HEURE ET DEMIE

Mᵉ Maurice DELESTRE	M. L. DUMONT
COMMISSAIRE-PRISEUR	EXPERT, MARCHAND D'ESTAMPES
Rue Drouot, 27	*Rue Laffitte, 27*

PARIS — 1893

IMPRIMERIE MAULDE ET RENOU

A. MAULDE & Cie

IMPRIMEURS DE LA COMPAGNIE DES COMMISSAIRES-PRISEURS

Rue de Rivoli, 144. — Paris

Vente du Vendredi 27 Janvier 1893

ESTAMPES ANCIENNES

EAUX-FORTES MODERNES

PLANCHES DE CUIVRES GRAVÉS

PUBLICATIONS ARTISTIQUES

Héliogravures Amand DURAND, d'après les Maîtres anciens

EN TIRAGE DE LUXE

DESSINS — ORNEMENTS — LIVRES

GRAVURES EN LOTS

Provenant de la Collection d'un Artiste

Dont la vente aux enchères publiques aura lieu

HOTEL DES COMMISSAIRES-PRISEURS

RUE DROUOT, 9, SALLE N° 8

Le Vendredi 27 Janvier 1893

A UNE HEURE ET DEMIE

Me Maurice DELESTRE	M. L. DUMONT
COMMISSAIRE-PRISEUR	EXPERT, MARCHAND D'ESTAMPES
Rue Drouot, 27	*Rue Laffitte, 27*

PARIS — 1893

CONDITIONS DE LA VENTE

Elle sera faite au comptant.

Les Acquéreurs paieront CINQ POUR CENT en sus des adjudications.

M. DUMONT, chargé de la vente, se réserve la faculté de réunir ou de diviser les lots.

L'ordre du Catalogue sera suivi.

A. MAULDE et Cie, imprimeurs de la Compagnie des Commissaires-Priseurs
rue de Rivoli, 144. 500—30072

DÉSIGNATION

GRAVURES ANCIENNES

EAUX-FORTES — LITHOGRAPHIES

ANONYME

1. — L'Automne. — L'Hiver. 2 pièces, belles épreuves.

BAUDOUIN

2. — La Sentinelle en défaut, par de Launay. Belle épreuve.

BAYLE, BUTIN, etc.

3. — Un Marocain. — Au Cabestan. — Laveuse, etc. 5 pièces, très belles épreuves d'artiste.

BEAUVARLET

4. — Histoire d'Esther et d'Assuérus, d'après de Troy. 6 pièces différentes, très belles épreuves, dont une avant la lettre.

5. — Les mêmes Estampes. 5 pièces, belles épreuves.

6. — Les Enfants du comte d'Artois, d'après Drouais. Très belle épreuve

BICHARD (GÉRY), **FAIVRE**

7. — Le Giorgone. — La Sainte Famille. — Jeune Femme à sa toilette. 3 pièces, très belles épreuves d'artiste.

BOILLY

8. — Six Eaux-fortes, d'après des dessins de C. Vanloo, Lépicié, Greuze, Boilly, Boucher, Fragonard. Belles épreuves.

BOILVIN, COURTRY

9. — L'Heureuse Mère. — Sujet champêtre, d'après Lancret. — Décollation de Saint Jean-Baptiste. 4 pièces, belles épreuves.

BOUCHER (D'après)

10. — La Pêche du crocodile. — Léda. — L'enlèvement d'Europe. 3 pièces, belles épreuves.

BRACQUEMOND, RAJON

11. — Promenade vénitienne, d'après Bonington. — Tête de jeune Fille, d'après Léonard de Vinci. 2 pièces, très belles épreuves d'artiste.

CARMONTELLE

12. — La Malheureuse Famille Calas, par Delafosse. Belle épreuve.

CHARDIN (D'après)

13. — Dame prenant son thé, par Filloeul. Belle épreuve.

CHÉREAU (à Paris, chez)

14. — Prise de la Bastille. 2 pièces différentes coloriées. Très belles épreuves, grandes marges.

CHIFFLART (F.).

15. — Improvisations sur cuivre. 4 pièces, très belles épreuves d'artiste.

CLAESSENS, etc.

16. — La Présentation au Temple. — Hercule. — etc. 3 pièces, belles épreuves.

COROT (D'après)

17. — Le Pont de Mantes, par Focce. Très belle épreuve d'artiste avec remarque signée.

COURTRY (Ch.)

18. — La Fille de Charles Ier. — Le Golgotha. — Tribunal à Damas, etc. 13 pièces, belles épreuves.

COURTRY, GREUX

19. — Le Maréchal-Ferrant, d'après Worms. — Le Déjeuner, d'après Fortuny. 2 pièces, très belles épreuves d'artiste sur parchemin.

CUCINOTTA, FEYEN-PERRIN

20. — Jeanne d'Aragon. — Cribleuse de colza. — Louis XI, etc. 8 pièces, belles épreuves.

DANGUIN

21. — Saint Sébastien. — Dispute du Saint-Sacrement, etc. 4 pièces, belles épreuves.

DANSAERT, DARJOU, etc.

22. — La Rentrée de Pierrot. — Les Lapins vengés. — Juifs Polonais, etc. 5 pièces, très belles épreuves d'artiste.

DEBUCOURT

23. — Les Galans surannés. Très belle épreuve.

24. — Le Café ambulant. — Le Marchand de galette. — Le Braconnier pris. 3 pièces, très belles épreuves.

*

DIVERS

25. — Eaux-Fortes modernes, par Damman, Gaillard, Guillon, Hédouin. Rajon, etc. 19 pièces, belles épreuves.

26. — Lion, d'après Barye. — Étude de cheval, d'après Fromentin. — Le Troupeau, d'après Millet. 3 pièces, très belles épreuves d'artiste dont 2 sur parchemin.

DUPLESSIS-BERTAUX

27. — Les Métiers. — Scènes de théâtre, etc. 30 pièces, toutes marges.

ELLUIN

28. — Mme Crétu. — Rosalie Duplant. 2 pièces, très belles épreuves.

FALÉRO

29. — La Chevelure de Bérénice. — L'Étoile polaire. 2 pièces, belles épreuves.

FLAMENG

30. — Duc Job. — Un Père de l'Église. — Jeune Fille florentine, etc. 7 pièces, très belles épreuves.

FORTUNY (D'après)

31. — A la Porte du sérail. — Charmeurs de serpents. — Fantasia. 3 pièces, très belles épreuves d'artiste.

FRAGONARD (D'après)

32. — Le Premier Pas de l'Enfance, par Vidal. Très belle épreuve.

GAUCHEREL

33. — Vues de Venise. — Paysages, etc. 8 pièces, très belles épreuves d'artiste.

GIRARDET

34. — La Naisssance. — La Mort du duc de Berry. 3 pièces, très belles épreuves avant la lettre sur Chine.

GREUX, etc.

35. — Le Massacre de Scio, d'après Delacroix. — Les Frères de Joseph, d'après Rembrandt, etc. 4 pièces, très belles épreuves sur parchemin.

GREUX, LEFORT, etc.

36. — Porte en bronze. — Promenade dans le jardin du harem. — Le Printemps, etc. 5 pièces, très belles épreuves.

GREUZE (D'après)

37. — L'Enfant gâté. — Intérieur, d'après Ostade, etc. 4 pièces, belles épreuves.

38. — La Privation sensible, par Simonet. Très belle épreuve.

39. — Le Fils ingrat. — Exemple d'humanité. — Les Ecosseuses de pois. 3 pièces, très belles épreuves.

HÉDOUIN, FOULQUIER

40. — Aischa. — Intérieur ossalais. — Le Printemps. — Pêcheur, etc. 8 pièces, belles épreuves.

ISABEY

41. — Caricatures coloriées. 5 pièces, très belles épreuves, marges.

ISABEY (D'après)

42. — Le Coup de vent, par Aubertin. Très belle épreuve.

ISRAELS (D'après)

43. — Intérieur de village. — Paysans. — Muletier, etc. 4 pièces, très belles épreuves d'artiste.

JACQUE (Ch.)

44. — Les Musiciens. — Luquet. — Le Matin. — Troupeau de Porcs, etc. 6 pièces, très belles épreuves.

JACQUEMART (J.)

45. — Le Soldat et la Fillette qui rit. — Portrait de Rembrandt. — L'Orage, etc. 10 pièces, belles épreuves.

JASINSKI

46. — La Dame rose, d'après Stevens. Très belle épreuve d'artiste sur parchemin. Signée.

JAZET

47. — Atelier d'Horace Vernet, d'après lui-même. Belle épreuve avant la lettre, avec la clef explicative.

JEAURAT (D'après)

48. — Le transport des Filles de joie à l'hôpital, par Le Vasseur. Belle épreuve.

LA BOISSIÈRE

49. — Veuë du Palais-Royal. Belle épreuve.

LAGUILLERMIE, LEFORT

50. — Coin d'Atelier. — Vieille Femme. — Buzenval. 3 pièces, très belles épreuves d'artiste.

LALANNE

51. — A Bordeaux. — Rue des Marmousets. — Rue de Tonnellerie. — A Concarneau, etc. 8 pièces, belles épreuves.

52. — Paris. — Vue prise du Trocadéro. — Vue prise du Pont de la Concorde. 2 pièces, très belles épreuves.

LALAUZE, MARTIAL, etc.

53. — Foire aux Servantes. — Le Guet-Apens. — Le Jugement de Pâris, etc. 10 pièces, belles épreuves.

LAMOTTE (A.)

54. — Un Nid sous les fleurs. — Le Nid abandonné, d'après Linder. 3 pièces, belles épreuves.

LANCRET

55. — Le Maître galant, par Le Bas. Très belle épreuve, marges.

LAURENS, LEMAIRE

56. — Mendiante italienne. — Fleurs, etc. 3 pièces, très belle épreuve d'artiste.

LE BON GENRE

57. — Les Étrennes. — Une Parisienne à son lever. — Les Vapeurs, etc. 5 pièces, belles épreuves coloriées.

LEGROS (A.)

58. — La Charrue. Très belle épreuve d'artiste sur parchemin.

LE PIC

59. — Marines, Paysages, Vues, etc. 18 pièces, très belles épreuves d'artiste.

LE RAT

60. — Couseuse. — Femme faisant manger son enfant. — Persée, etc. 6 pièces, très belles épreuves.

LITHOGRAPHIES

61. — **Langlois**. Portrait de Beethoven. 4 épreuves sur Chine. Signées.

62. — **Cicéri**. Voyage dans la mer Noire. 19 pièces, belles épreuves.

63. — **Cicéri**. Vues, paysages. 21 pièces, très belles épreuves d'artiste sur Chine.

LITHOGRAPHIES

64. — Siège de Sébastopol, Vues, Paysages. 49 pièces, belles épreuves sur Chine.

65. — Sujets divers, d'après Géricault, Henner, Millet, Rembrandt, etc. 17 pièces, belles épreuves.

66. — Sujets divers, d'après Adam, Rosa Bonheur, Luminais, Pils, Tassaert, etc. 19 pièces, belles épreuves.

MARTIAL, MELINGUE, etc.

67. — La Boucherie. — En batterie. — Joueur de Violoncelle, etc. 5 pièces, très belles épreuves d'artiste.

MASSON, MONGIN, etc.

68. — Cabaret flamand. — Cabaret normand. — Chevaux, etc. 7 pièces, très belles épreuves.

MONDHARE (à Paris, chez)

69. — Joseph Menier. Très belle épreuve en couleur.

MONNIER (H.)

70. — Bon Vin et Fillette. — L'Aveugle de Bagnolet. — Le vieux Célibataire. — L'Hiver. — Charles VII. — Ce n'est plus Lisette. — Le Corbillard. 7 grandes vignettes pour les *Chansons de Béranger*, coloriées.

MORDANT, etc.

71. — L'Heure de la traite. — Vaches au pâturage. — L'Inondation, etc. 4 pièces, très belles épreuves d'artiste.

MOREAU LE JEUNE

72. — Couronnement du buste de Louis XVI, gravé par Dambrun. Très belle épreuve.

OSTADE

73. — La Fileuse. Belle épreuve.

OUDRY

74. — La Chasse au loup. — La Chasse au sanglier, etc. 3 pièces, belles épreuves.

PATER (D'après)

75. — La Courtisane amoureuse. — Le Savetier. 2 pièces par Fillœul, belles épreuves.

PIRODON, QUEROY, etc.

76. — Buffle attaqué par un tigre. — Dans les Landes, etc. 5 pièces, belles épreuves d'artiste.

PORTRAITS

77. — Molière, Fragonard, Sterne, Goya, etc. 17 pièces, belles épreuves.

PRUD'HON (D'après)

78. — Les Préparatifs de la guerre. Très belle épreuve d'artiste. Rare.

RAMUS

79. — Louis XIV dans les dunes, d'après Tattegrain. — Fumeur, etc. 3 pièces, très belles épreuves d'artiste.

RAMUS, SALMON

80. — Mort du colonel Froidevaux.— Salut au Drapeau, etc. 3 pièces, très belles épreuves d'artiste.

REMBRANDT

81. — Femme nue, les pieds dans l'eau. Belle épreuve.

SAINT-AUBIN

82. — P. H. de Valenciennes. — Sainte Elisabeth. 2 pièces, belles épreuves.

83. — Perronet. — Jean Restout. 3 pièces, belles épreuves.

TÉNIERS, VAN OSTADE (D'après)

84. — Les Misères de la guerre. — Le Grivois Flamand. — Le Satyre. — L'Ouvrière en dentelles. 6 pièces, belles épreuves.

TOUSSAINT

85. — Premières Fleurs, d'après Chaplin. — A la Mer, d'après Louise Abbéma, etc. 3 pièces, très belles épreuves d'artiste.

TOUSSAINT, etc.

86. — Sur la Plage. — Les Côtes du Maroc. — Les Voix du Tocsin, etc. 4 pièces, très belles épreuves d'artiste.

VIGNETTES

87. — L'Éloge de la Folie. — Suite complète de 83 dessins d'Holbein, gravés pour l'édition de la Librairie des Bibliophiles.

88. — Ex-libris. — Adresses. — Titres. 14 pièces, belles épreuves.

89. — Culs-de-Lampe et En-Têtes, par de Longueil, Marillier, etc. 4 pièces, belles épreuves tirées à part.

VION, etc.

90. — Paysage, d'après Van Marke. — Le Bûcheron. — La Fin de la Journée. 4 pièces belles épreuves.

VION, YON

91. — Tête d'Étude. — Villiers-sur-Morin. — Paysage. 3 pièces, très belles épreuves d'artiste.

WATTIER

92. — Les Aventures d'une modiste, suite complète de 27 pièces coloriées. Belles épreuves.

HÉLIOGRAVURES AMAND DURAND

93. Eaux-fortes et Gravures des maîtres anciens, tirées des collections les plus célèbres, d'après A. Durer, Rembrandt, Marc-Antoine Raimondi, Mantegna, Berghem, Claude Gellée, Ruysdaël, Potter, Van Dyck, etc.

Collection complète comme suit :

1er vol. 1re série, sur papier ancien.
— 2e — —
— 3e — sur parchemin.
— 4e — —
2e vol. 1re série, —
— 2e — —
— 3e — —
— 4e — —
3e vol. 1re série, —
— 2e — —
— 3e — —
— 4e — —
4e vol. 1re série, —
— 2e — —
— 3e — —
— 4e — —
5e vol. 1re série, —
— 2e — sur papier ancien.
— 3e — —
— 4e — sur parchemin.

Cette Collection complète comprenant 200 pièces en épreuves d'un tirage exceptionnel est de la plus grande rareté. Les épreuves sont tirées avec un soin tout particulier.

94. Le même exemplaire incomplet comprenant 168 pièces dont 138 sur papier ancien et 30 sur parchemin.

95. Pièces doubles des séries précédentes :

40	pièces différentes sur parchemin.		
38	—	—	—
20	—	—	—
19	—	—	—
35	—	—	sur papier ancien.
11	—	—	—
14	—	plusieurs doubles sur parchemin.	

GRAVURES

TIRÉES DE PUBLICATIONS ARTISTIQUES

96. **Les Collections célèbres** d'œuvres d'art dessinées et gravées d'après les originaux. 50 planches avec texte explicatif. (Paris, Goupil et Cie, 1865.)

97. **Musées et Collections,** 2e et 3e séries complètes. 72 planches.

98. **Musées et Collections** (Epreuves de luxe, tirées des) sur parchemin. 17 pièces.

99. **Les Arts décoratifs** à toutes les époques. (Paris, Veuve A. Morel et Cie, 1870). 6 exemplaires contenant chacun 64 planches.

100. **Les Arts décoratifs** à toutes les époques. 64 pièces en couleur.

101. **Les Maîtres** anciens et contemporains. 28 pièces avec la lettre sur Chine.

102. **Revue décorative.** Divers, en couleur et en noir. 44 pièces.

103. **Crédences.** Chaire en bois sculpté, Faïences, etc. 12 pièces.

104. **Bijoux,** Orfèvrerie, Armes, Bronzes, Céramique, collections célèbres, 80 pièces.

105. **Bijoux,** Orfèvrerie, etc. 60 pièces.

106. Faïences, Broderies, en couleur. 12 pièces.

107. **Bijoux,** Orfèvrerie, etc., 80 pièces.

108. Peintures murales de la Galerie des Fêtes de l'Hôtel de Ville de Paris, par H. Lehmann. 28 planches gravées par Levasseur, Danguin, Morse et Dubouchet. Suite complète.

109. **Courtry.** Vases. 12 pièces, épreuves d'artiste (Collection de Luynes).

110. — Armures, Bijoux, Ornements. 6 pièces, épreuves d'artiste sur papier bleu (Collection de Luynes).

111. — Heurtoirs, Objets d'art, Bas-Reliefs, etc. 7 pièces, épreuves d'artiste.

112. **Le Rat.** Statuettes, Buste, Objets d'art de la collection de M. Thiers. 6 pièces, très belles épreuves d'artiste.

GRAVURES

TIRÉES DE PUBLICATIONS ARTISTIQUES, EN NOMBRE

113. **Ballin.** Vues de Rouen. 10 suites complètes de 5 pièces. Ensemble 50 pièces, très belles épreuves d'artiste.

114. — Vues de Londres et de la Tamise. 8 suites complètes de 7 pièces. Ensemble 56 pièces, très belles épreuves d'artiste.

115. **Barillot.** Ane dans un verger. 8 pièces, belles épreuves d'artiste.

116. **Beaumont.** Le Clocher d'Archamp. 6 pièces, belles épreuves.

117. **Beauvoir.** Paysage. 5 pièces, belles épreuves d'artiste.

118. **Berne-Bellecour.** Chasse à l'Ours. 3 pièces, très belles épreuves d'artiste.

119. **Bracquemond.** Portrait de Champfleury. 14 épreuves d'artiste sur Chine.

120. **Courtry.** Portrait d'Homme, d'après A. del Sarte. 11 pièces, épreuves d'état et terminées.

121. **Flameng.** L'Astronome, d'après Van der Meer. 9 pièces, très belles épreuves d'artiste.

122. — Jeune Fille, d'après Greuze. 50 pièces, très belles épreuves d'artiste.

123. **Gaucherel.** Ornement XVIIIe siècle. 7 pièces, très belles épreuves d'artiste.

124. **Gautier** (L.). Le pont des Saints-Pères. 12 épreuves d'artiste avec remarque. Signées.

125. — La Sainte Chapelle. 4 épreuves d'artiste avec remarque dont 2 sur Japon.

126. **Greuze.** Jeune Fille, par Massard. 52 pièces, très belles épreuves d'artiste.

127. **Greux.** Cour de ferme. 23 pièces, belles épreuves d'artiste.

128. **Gaujean.** La Paye des Hâleurs au Havre, d'après Gœneutte. 3 pièces, belles épreuves.

129. **Jacquemart.** Portrait de Rembrandt. 75 pièces, très belles épreuves d'artiste.

130. **Jacquemart**. Tasses et Soucoupe. 7 pièces, très belles épreuves d'artiste.

131. — Vase de Vincennes. 18 pièces, très belles épreuves d'artiste.

132. — Cassolette. 50 pièces, très belles épreuves d'artiste.

133. — Son portrait d'après lui-même, fac-simile d'aquarelle. 4 pièces.

134. **Lafrance.** Amour maternel. 10 pièces, belles épreuves d'artiste.

135. **De Liphart.** Portrait d'Alphonse Daudet. 6 pièces épreuves d'artiste sur Japon.

136. **Lossow**. Only for friends. 17 pièces, très belles épreuves d'artiste sur Japon.

137. **Lurat.** Portrait d'homme, d'après Rembrandt. 80 pièces.

138. **Martial.** Citoyen de l'an V, d'après Goupil. 22 épreuves d'artiste sur Japon.

139. — Cancalaises, d'après Feyen-Perrin. 26 pièces, très belles épreuves d'artiste sur Japon.

140. **Regamey.** Coquelin cadet, 3 pièces, belles épreuves d'artiste.

141. — Frontispice pour l'*Illustration nouvelle*. 19 pièces.

PLANCHES GRAVÉES

ET TIRAGE EN NOMBRE

142. Lion de Carnavalet.
Plat émail.
Verrerie de Venise.
Bijoux.
Jardinière émail.
Guirlande d'enfants.
Coffret.
Vase bysantin.
Coffre (Collection Sauvageot).
Arbalète à bascule en fer.
Armes persanes.
Statue équestre de Donatello.
Cadre (Collection Le Carpentier).
Corbeille.
Plat (tête de femme Renaissance).
Plat (tête casquée).
Meuble crédence Louis XII.
Vase persan.
Épées.
Aiguière émail.
Planche d'enfants.
Autre Planche d'enfants.
Cabinet Louis XV.
Femme d'après Holbein.

Ensemble : 24 planches gravées d'après différents objets d'art.

143. **Daubigny**. Marine.
Didier. Tête d'Homme, d'après Velasquez.
Feyen-Perrin. Femme couchée.
Le Rat. Paysage, d'après Jules Dupré.
Moyse. La Circoncision.

144. **Masson**. Le Médecin dans l'embarras, avec un tirage de 400 épreuves.

145. **Delbos**. Au Luxembourg, avec 9 épreuves.
Morel. Tête de Femme, avec 10 épreuves.
Cazenave. La Volupté, d'après Regnault, avec 8 épreuves.

146. **Ballin**. Vaisseau du XVIIIe siècle, avec 40 épreuves.

147. **Ballin**. Champigny.
Marvy. Paysage.

LIVRES ET PUBLICATIONS

148. **Artistes scandinaves.** 14 dessins de Edelfelt, Hagborg, Salmson Tuxen, etc., reproduits en fac-simile, réunis dans une couverture.

149. **Bida**. Les Saints Évangiles, eaux-fortes, par Bracquemond, Boilvin, Courtry, Flameng, Hédouin, etc. 103 pièces, belles épreuves.

150. **Musées et Collections** (Paris, Goupil et Cie). 2e et 3e séries reliées en 2 volumes. 72 planches.

151. **The magazine of art** (Cassell et Cie, London, 1890), 1 fort vol. in-4° avec nombreuses illustrations et 5 eaux-fortes par Courtry, Flameng, Gaujean, Rajon. Relié.

152. **Eaux-Fortes de Lepic**. Essai historique par Raoul de Saint-Arroman (Paris, veuve Cadart, 1876). Très bel exemplaire avec 11 eaux-fortes en épreuves d'artiste.

153. **Guilmard**. Les Maîtres ornemanistes. Publication enrichie de 180 planches tirées à part et de nombreuses gravures dans le texte (E. Plon et Cie, Paris, 1880).

154. **A. Portfolio of Players** (I. W. Bouton, New-York, 1888). Biographies d'acteurs et actrices anglais, nombreuses reproductions en photogravures, en tête du volume, une dédicace de A. Daly. Relié.

155. **Piranesi.** Vases, Candélabres, Coupes, Sarcophages et Trépieds anciens, dessinés et gravés par Piranesi (1778). 2 vol. in-folio reliés comprenant 112 planches avec texte explicatif.

156. Collection de portraits antiques de l'époque grecque en Égypte. 32 pièces réunies dans un cartonnage.

157. Épreuves choisies dans les 1re et 2e séries du Scribner's monthly et du St-Nicholas (The Century C[o], New-York). 57 pièces, gravures sur bois, réunies dans un cartonnage, avec table.

158. Musée des Beaux-Arts, 1885 (Calmann-Lévy. Paris).

159. **L'Artiste**. 1874, 75, 76. 5 volumes reliés.
Le Moniteur du bibliophile. 6 livraisons.

160. **Exposition des Beaux-Arts** (Paris, L. Baschet). Salon de 1880.
Les Artistes modernes (Launette, Paris).

161. Paris-Architecte. Plans et profils d'architecture par E.-F. Le Preux avec texte explicatif.

162. Notice sur l'œuvre du baron François Gérard, avec portrait (Firmin-Didot, 1857).

AQUARELLES, DESSINS

163. **Andrieux**. Pêcheurs à la ligne. Très jolie aquarelle signée, encadrée.

164. **Anonyme**. Décor de théâtre. Très beau dessin à la mine de plomb rehaussé de blanc.

165. **Cicéri.** Paysages, Vues. 5 pièces à la mine de plomb rehaussées d'aquarelle.

166. **École allemande**. Projet de décoration pour des funérailles royales dans une cathédrale. Très important dessin à l'encre de Chine et à la sépia.

167. **École italienne**. Étude pour l'exécution d'un plafond. Dessin très important à la sépia, encadré.

168. **Gaillard (F.)**. Études, Croquis, Paysages. 5 pièces, mine de plomb, sous verre.

169. **Grévin**. Costumes pour théâtre. 4 aquarelles.

170. **Lorentz**. Satire du XIXe siècle. Aquarelle dédiée à M. Albert Wolff.

171. **Romanelli.** Abraham et Agar. — L'Assomption. 2 dessins à la sépia au recto et verso d'une même feuille, encadrés.

172. **Stetten (C.-V.).** Le Marchand de statuettes. Très joli dessin au crayon rehaussé de blanc, signé, sous verre.

173. **Valerio.** Types druses, rehaussés d'aquarelle.

174. **Maurice Sand**. Un Maire de campagne. Dessin à la plume.

175. Paysages à l'aquarelle. 4 pièces.

176. Vues, Études de paysage, Croquis. 8 pièces à la mine de plomb.

177. Paysages, Études à la mine de plomb et aux deux crayons. 6 pièces.

178. Griffon, Nature morte, Fleurs, Croquis à l'huile. 4 pièces.

179. Céramique, décors d'assiettes et de plats, à la mine de plomb, rehaussés d'aquarelle. 38 pièces.

180. Céramique, décoration de vases à la mine de plomb, rehaussés d'aquarelle. 10 pièces.

181. Lampes et Torchères, à la mine de plomb, rehaussées d'aquarelle. 18 pièces.

182. Croquis, Paysages, à la mine de plomb. 28 pièces.

183. Croquis humoristiques, à la pierre noire. 30 pièces.

184. Ornements, Meubles, etc., à la mine de plomb. 90 pièces.

185. Ornements, à la mine de plomb, rehaussés d'aquarelle. 20 pièces.

GRAVURES EN LOTS

186. Ornements anciens, Décorations d'appartements, Vignettes, etc. 37 pièces, belles épreuves.

187. Modèles d'ornements, Études, etc. 125 pièces.

188. Ornements, Fleurons, Reproductions d'objets d'art. 104 pièces.

189. Modes, Costumes. 115 pièces.

190. Modes, Costumes. 125 pièces.

191. Broderie en couleur. 70 pièces.

192. Caricatures, Biographies, Bois, etc. 100 pièces en noir et en couleur.

PHOTOGRAPHIES

193. — Meubles, Vases, Objets d'art. 80 pièces.

194. — Reproductions de Dessins, Études et Croquis, de Prudhon. 7 pièces (Photog. Braun).

195. — Reproductions de Tableaux et Dessins de Géricault. 7 pièces (Photog. Braun).

196. — Vues, Reproductions de Tableaux, etc. 35 pièces.

197. Cours d'ornement. 120 planches.

198. Cours d'ornement. 116 planches.

199. Cours d'ornement. 87 planches.

200. Cours d'ornement. 50 planches.

201. Sous ce numéro, il sera vendu en lots, un grand nombre de Gravures et de Lithographies, Dessins, etc.

202. Sous ce numéro, un Chevalet pour tableaux et deux Chevalets pour cartons.

RED. :

20

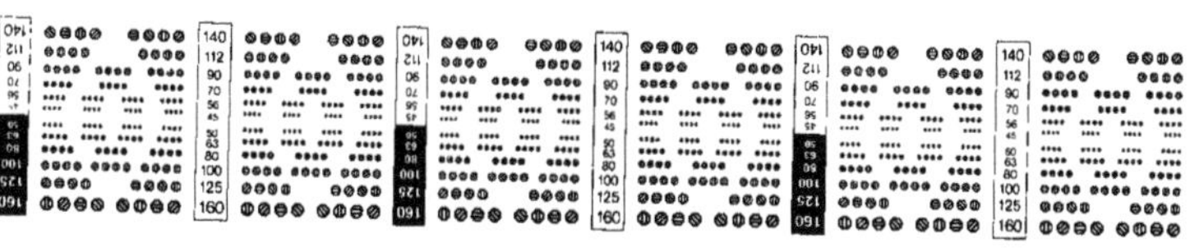

379.89.70
graphicom

0 1 2 3 4 5 6 7 8 9 10

www.ingramcontent.com/pod-product-compliance
Ingram Content Group UK Ltd.
Pitfield, Milton Keynes, MK11 3LW, UK
UKHW020218180726
13838UKWH00005B/2072

9 782329 347936